철이네 엄마아빠

철이네 엄마아빠

철이네 엄마아빠

지은 이 · 박헌영
펴낸 이 · 임종대
펴낸 곳 · 미래문화사

찍은 날 · 2001년 3월 20일
펴낸 날 · 2001년 3월 25일

등록 번호 · 제3-44호
등록 일자 · 1976년 10월 19일
주소 · 서울시 용산구 효창동 5-421
전화 · 715-4507/713-6647
팩시밀리 · 713-4805

ⓒ2001, 미래문화사
ISBN 89-7299-208-9 03810
E-mail · miraebooks@com.ne.kr
            mirae715@hanmail.net

정가 · 5,000원

*잘못 만들어진 책은 바꾸어 드립니다.

미래시선 112

철이네 엄마아빠

박헌영

미래문화사

실은 훗날 성철이가 결혼할 때 이 시집을 엮으려 했다.
저를 키우던 사랑과 저의 어린 날이 그려져 있는
이 시집이 제일 큰 선물이 될 것 같아서였다.
제 또래의 학생들이 다 그렇듯
요즘 많이 힘들어하는 성철에게
힘이 될지도 모른다는 생각에서 미리 책으로 만든다.

그 동안 시집에 냈던 시들과
발표하지 않은 시들 중에서
60여 편을 골라 모았다.
세상의 모든 엄마아빠들에게 바치기엔
너무 부족한 시들이지만 마음은 다 똑같을 것 같아
부끄러움을 무릅쓰고 이 작은 추억들을 내보인다.
그리고 성철이 친구들에게도.

아이와 함께 놀던 곳곳들이 한없이 그립다.
명희의 고운 미소 안에서 놀던 철이와 나…
성철이 어릴적 앨범을 보며 태어나 처음 녹음했던
옹알이 소리와, 세 식구가 노래하던 이층집 방안의
그 웃음소리를 오랜만에 다시 듣는다.

차례

3. 옛날엔 하느님이 땅에서 살았대

4. 불효

“그림자는 왜 검죠?”
“해를 가리니까.”
“아까 집 그림자가 파랗게 보인 건요?”
“벌써?”

1

철이네 엄마아빠

철이네 엄마아빠

사랑하는 줄 모르며 사랑하는
참말 그 물맛 같은 사랑으로
둥근 차돌에다
물을 주는 엄마아빠,
속에 든 수정알 하나
키우고 있답니다.

꽃 잎

“아빠,
세상에서 제일 가벼운 게 무얼까요?”

“?”

“그건 바로
꽃잎 한 장이지요.”

-그건 바로 너야.

달리기 시합

신호등 불빛이 하늘빛 같다는 아이 말을
어둠 속에서 확인하며 길 건너온 역전 광장.
나를 잠시 세워 놓고 조만치 앞에 가더니
"땅!" 하고 달리기 시합이란다.

까르륵 깔깔 통통통 튀는 아이 뒤를 달린다.
아들 녀석을 앞설 수야 없지.
"일등!" 하며 아이 목소리가 닿는 대합실에서
초콜릿처럼 혀에 녹는 밤 전체.

풀 싹

보도블럭 위로 걸어가다
가로수 푸른 키를 눈여기더니
"아빠,
이 밑에 땅이 숨어 있어요."

보도블럭 틈새로
풀싹이 아이 혀처럼 솟았다.

지 퍼

"저는 또 되고 싶은 게 있는데요,
그건 바로 지퍼예요.
지퍼는 가는 데마다 열 수도 있고
닫을 수도 있거든요."

"그렇다면,
여름에는 시원하게 해주고
겨울에는 따뜻하게 해주겠구나.
그런데 지금이 가을이라면?"

"반쯤은 열려 있고 반쯤은 닫힌 데서
지퍼는 놀겠지요."

화단 일

그림 그린다고 쪼그리고 있는 게
환장하게 이뻐
볼끈 든다.

"성철이가 어른이 돼서
아빠보다 크면
아빤 얼마나 늙었을까?"

"그땐 제가 컸으니까
편하게 해드릴게요."

"편하게?
아니, 아빤 일을 하고 싶을 거야."

"일?
그거야 있죠,
화단에다 물 뿌리는 거."

타임머신

"낮이 먼저여요, 밤이 먼저여요?"

사람들 사는 속을 들여다보거나
창세의 신화를 들춰 보면
어둠이 먼저 있고

내 대답은 듣지도 않고
"저는요,
낮이 먼저라고 생각하는데
그건, 낮이 먼저라고 생각할 때가
더 많기 때문예요."

"그래도 밤이 먼저일 것 같은데?"

"할 수 없군요,
아빠하고 타임머신 타고
원시시대로 가거나
미래로 가보는 수밖에."

아침 산책 하는 이마 위로
낮이 오르고 있다.

귀거래歸去來

아이하고 간다.
아빠는 꼴찌지만
꼴찌하기로는 이거야 이거, 하는
웃음으로.

꽃열쇠

외갓집에 맡겨 둔 어린 아들
노을녘에
아내와 함께 가 데려온다.

"열쇠 가지고 계셔요?"
"이런, 깜박 잊고 나왔네.
아참, 철이가 있지."

한쪽 발은 내 손 받치고
한쪽 발은 아내 손 받쳐
담을 넘긴다.

장독대를 쪼로로 내려와
찰칵,
대문을 열어 주는 우리 꽃열쇠.

집 그림자

"그림자는 왜 검죠?"

"해를 가리니까."

"아까 집 그림자가 파랗게 보인 건요?"

"벌써?"

산에 서면 가슴이 가난하고
바다에 서면 눈길이 가난하여
하늘 쪽으로는 어이 서야 할지도
까맣게 모르거니

햇살에

나 사는 집

나 사는 이층집은
하늘빛이 늘 고인
동네 너머 야트막한 산도 보이고

아이들 망원경으로 보면
산발치 느티 품속
여름날이면 안 보이는 까치집도 보이고

담장 위로 끝 비치는
꽃노랑 산수유도
뿌리까지 환히 보인다.

나 사는 이층집은
외아들 여린 뼈대를 튼튼하게 키우며
손끝여물은 아내와 사는 집이다.

빗길

-아이와 함께 가며 · 2

내 가까이에는
작은 우산 쓴 아이가 맴돌고 있다.
아이는 빗물을 찰방이다
종종종 와서
내가 저를 잃지 않았나
빠끔히 들여다보곤 한다.

금실처럼 가로등불 내리며
어둠을 빗질하는 골목길에서
아이를 업는다. 아이는
작은 우산을 내밀어
내 찬 이마를 가려 주고

불현듯 아침 일이
가슴 짠히 주름져 온다.
마냥 아이짓이었건만
매를 댔는지,
여린 종아리를 쓸며 어루만진다.
"철아, 아빠가 잘못했다."
"뭐를요?"

도란도란

꽃씨 같은 목소리가
빗길에 동그라미를 터뜨리며 간다.
발자국 소리 앞엔
물살에 은쪽 손톱을 흔들며
이층집 창불이 마중나왔다.

심부름

초록잎 한 장 쥐여
연실 두 타래 사오라고
처음으로 심부름을 보냈다.
골목을 빠져나가는 다람쥐 걸음이
이젠 다 컸다 싶어
이윽히 미소지었다.
한참을 기다리다가
시장이 붐빌 시간인데…
골목 어귀로 나왔다.
울음소리가 들리는 듯
부리나케 가보기도 하다가
찾아나섰다.
신호등이 몹시 길다
하는 순간 건너편에서
실꾸러미 들고 햇살을 흔드는 철이,
아이 찾는 심부름을
내게 시켰구나.

뻐꾸기가 우는 아침

초여름에 잠긴 옥상 안테나에서
앞산 가던 뻐꾸기가
어린 아들 깜짝 반가운
푸른 결을 터뜨린다.

그 옛날 우리 부모님은
뙤약볕에 까맣게 그을렸을지언정
어린 눈에 뻐꾹하늘은 쉬이 채워 준
넉넉한 손길이었는데

장바닥을 헤매인 지
수몇 년의 오늘 아침,
나 또한 꽃등 태운
아들 눈을 바라보건만

산에 서면 가슴이 가난하고
바다에 서면 눈길이 가난하여
하늘 쪽으로는 어이 서야 할지도
까맣게 모르거니
바라보는 네 눈을 나는
무엇이 넉넉하다고 채워 줄거나,

뻐꾸기가 우는 아래
텅 빈 손이 빤히 보이는 것을,
종소리 같은 울림에 잠겨
아침 하늘을 여민다.

송 진

아이와 함께 약수터 가다가
샛길 트느라 꺾어 놓은 솔가지를 보았지.
송진은 발 아래까지 흘렀고
속으로는 더 흐르리 짐작하다가
선산에 처음 가본 어릴적
낫 잘 드는 장난으로
솔 친 일이 떠올랐지.
선산 지키는 나무는
함부로 다치는 게 아니라고
삭정가지 관솔불 환히 지펴
저만치로 밤을 제껴주었던 아버지…
약숫물 고인 웅덩이 옆에 앉아
아이에게 띄우는 솔잎배가
끝에 묻힌 송진에서 무지개를 풀며
물빛에 나아가는 걸 보고
선산 간 지 오랜 줄 선뜩 알았지.
그날 밤 나는
아이의 사나흘 된 기침 소리에
몇 번이나 잠 깨었고
깡마른 집게손가락에는
저녁 세수로 씻지 못한 그날 낮의 송진이
옛 목소리를 감고 불빛 타올랐지.

돋보기
―아이와 함께 가며 · 3

어느 틈에 넣었는지, 돋보기를 쥔 손이 왼손이다.
나도 어릴 땐 왼손잡이였지.
오른손 쓰는 걸 배우며 말을 더듬곤 했지.

길가의 돌에다 아이는
노른자같이 햇살 모아 쪼여 주기도 하고
꽃가게 옆 빈터에 울 두른
측백나무 짱짱한 열매들에 이마를 파묻기도 하고
빙판에 몇 번씩 미끄러지며
앞으로 갔다 뒤로 갔다 나를 어지럽힌다.

돋보기 속을 들여다본다.
작아진 사람들이 물구나무 서서 바삐 오가고
땅 쪽으로 깔린 하늘에
비행기구름이 하얀 길처럼 두 줄기 나 있다.
갑자기 칼금 긋는 브레이크 소리,
"이봐, 어디다 눈 두고 다녀!"
나도 모르게 발걸음을 내었던가 보다.

잠시 기다렸다 길을 건너며
"아빠는 철이를 볼 때마다 기억이 새롭단 말야."
내 이맛살이 풀리는 걸 눈치채고

옛날 이야기를 해달라는 아이.

호남선 상행열차에 올라탄다.
내일은 동짓달 스무이틀 할아버지 생신날,
오늘 밤 유성에서는
할아버지가 온천물같이 들려줄 아빠의 어릴적 이야기에
아이는 돋보기 생각을 잊을 것이다.

내 아내 명희

손목 좀 갑갑해
뒷짐진 손가락에 시계를 걸트리고
쇼윈도 안으로 고개를 돌린다.
네온빛을 뿌리는 보석들에
감탄 너스레를 떨자
아이는 보석 속에 든 전설을 졸졸 외아리고
아내는 간간 미소지을 따름.
그래, 어쩌면 이런 아내를 나는
누구보다 깊이 사랑하는 것이리.
아까참에 잠시 건널목에 서서
곱새겼던 그 생각이 맞아,
사랑도 모르고 노래도 모르지만
새벽에 눈뜬 하루만으로
땀 흘리고 절망하고 또 웃음짓는
그게 바로 사랑이요 노래인 것을.
문득, 며칠 전 옛친구의 말이
귓전에 벌처럼 앉는다.
'너 요즘 뭐하는데 그래?
옥천에서 일할 땐 혈색 좋더니.'
십 년에 걸쳐 산허리를 뚫고
금강 물을 댄 장찬리의 저수지,
자갈 모래를 삽질했던 그 현장이

손끝마다 새삼스럽다.
아이가 앞서 뛰는 골목길,
다시금 시계를 조여 차고
손톱에 짭조롬히 내음 배인 아내 손을
가만히 쥐어 본다, 집 다 오도록
꼬옥.

햇살에

내 손길 아득한 앞산으로
은은히 햇살 흘러가는 봄날에
아침 빨래를 걷는 아내가
햇살 아까서 빨래를 더 해야겠다 한다.

벽에서 쏟아지는 수돗물에 적셔
미루던 이불 빨래를 밟는다.
덮고 잔 밤들의
어수선한 발자국들 죄 드러나
햇살에 일렁거리거니

내 죽어
한줌 쥐어 가지 못할 이 햇살
눈물로도 어쩌지 못하고 떠나가야 하리니
어이 함부로 살리야
보기도 아깐 이 햇살 속을.

봄날 휴일

골목에서 골목으로
아이들 자치기 '딱' 소리가
낮잠 토막을 날려보내고

뜨락 나와 기지개 켜며
봄날 휴일인 줄
이제 눈길 부신다.

소매 올린 아내는
겨울 묵은 그릇마다
햇살 문질고
참 이뻐 결혼한 눈썹,
하마 오래어 다시 이쁘고야.

잊은 수년 뒤꼍서 키 올려 온
밥풀뛰기나무 끝이
올봄사 지붕 위로 피우는
보라꽃 하늘.

애들아,
요앞 꽃가게 알지?
너네들 마음 드는 꽃씨 몇 봉
사오려무나.

늙은 거지

골목 깊숙한 이층으로
동냥온 늙은 거지,
한쪽 눈은 감긴 채
낮술기 있는 목소리로
쌀 좀 얻으러 왔다 한다.
사는 버릇대로 없다 하는데
섬뜩하니 울리는 전화벨,
돌아서 내려가는 거지의
한많은 인생이
전화를 통해 울린다.
"이 돈 드리고 오너라."
찜찜거리는 철이를
다그쳐 내보낸 잠시
웃으며 돌아왔다.
"저보고 공부 잘하래요."
아, 그래도 당신은
아이를 기르던 그 마음을
감긴 눈속에 숨겨
이 세상을 다니는군요.

잠들기 전

전등불빛 스며든 자리에 누워
어둠 속 배꼽 위에다 아이를 태운다.
이사온 지 삼 년 넘게 이야기를 풀었더니
탈탈 털어야 겨우 남은 게 뵌다.
어른 목소리가 아이 웃음을
이만큼이라도 간지렸다는 게 새삼스러워지고
마지막으로 밤물결져 오는
어릴적 들은 기억,
그해, 바짝 물이 밭은 둠벙에서
미꾸라지를 잡던 할아버지의
진펄 바른 얼굴 모습을 이야기하자
아이는 다시 한번 간지럼을 탄다.
달빛 비친 내 표정을 보고
이야기 주머니가 거덜난 걸
눈치챈 아이, 내일부터는
자기가 이야기를 해주겠단다.
맞아, 내 이야기는
헛배가 눌려 새나오는 밤의 이야기,
넌 내일 밤 불을 컨 채
내가 잊은 동화를 읽어 줄 것이고
아빠의 잠은 오히려 점점 깨어날 것이다.
이 밤, 배가 더 홀쭉해진 듯
녹차 한 잔이 굴풋하다.

초보 운전

새차가 나온 첫날
도로에 나가 보기도 전 사고를 내고는
편리는커녕 애물단지 같았지만
아들 아이 파학길을 도울 겸
요 며칠 학교를 오간다.
아이를 기다리는 운동장가에서
장마비 꺼끔해진 하늘 아래
뛰노는 아이들을 바라보며
손가락 사이로 물처럼 빠져나간
지난 수십 년을 바라본다.
길 속에서 위태위태 살아온 날들.
길에 길들어 간다는 게
갑자기 더 힘들어진다.
운전이 능숙해진다 해도 난
죽을 때까지 광야를 그리워할 것이고
길 속의 내 몸은 늘 형식적일 것이다.
세상에 광야는 없다, 이걸
인정하기가 아직도 어렵다.
내가 역전 광장을 좋아하는 것도
광야처럼 느끼기 때문이다. 하지만
사회생활이 빠진 자유처럼
차를 몰 수 없는 역전 광장,

저물녘이면 마실 나와
한 잔 맥주에 마음 적셔
몇 둘레 거닐어 볼 따름이다.
파학한 모양이다.
포도알 같은 아이들이
수업시간에 갇혀 있던 이야기를 터뜨리며
교문 밖으로 몰려나간다.
가까이 다가간 내게
꾸벅 인사하는 아이들, 이 새길들에게
초보 운전처럼 길을 살아온 내 길은
들려줄 이야기 별로 없이
앞으로도 서툴 것이다. 그러나
바라보면 바라볼수록
내 자식 아닌 아이 하나 없는 이 눈빛들에게
가슴속 싱싱한 광야를 보여줄
문틈 같은 길 한 갈래 되고 싶다,
내 가는 길 속 단 몇 날만이라도
오늘 인사에 답하고 싶다.

취

아침상에 향이 올랐다.
어느 산의 향인지
맛깔 참스럽다 하는 문득,
산천이 바뀐 세월 전에
어머니를 따라 산에 갔었지요.

산향이 하 진해
오래 갈 줄 알았건만
무슨 나물이냐고
아슴아슴한 이름을
아내에게 물어보았다.

취 몇 잎 더 얹어
할머니 이야기를 밥술 그득
아이에게 떠먹이고
돌아온 내 방에서
바랜 사진을 꺼내든다.

어머니, 그 산에서
혼령도 잊지 못한 저에게로
옛 봄을 불어넣으시는군요.

갈밭길
-아이와 함께 가며 · 4

　멈추면, 길은 홀연히 갈대꽃밭. 숨바꼭질하는 아이의 동그란 머리가 눈속을 날락거린다. 돌아가는 길은 걸음마다 고향, 버릇처럼 갈라치면 갈꽃들 소금빛 나부끼며 눈멀게 한다.
　코 시린 밑으로 겨울이 하얗게 깔려 있다. 호주머니에 쏘옥 든 아이 손을 녹이며 잘 휘인 깃털 모양의 발자국을 본다. 노을빛 든 두 줄기 비행기구름이 산에 스미고
　너울너울 학처럼 내리는 산의 양날개. 아이 손의 체온에서 징징거리는 귀가 열린다. 어머니, 길 끝에서 문을 열고 공장마당을 향해 어린 나를 부르던 오랜 목소리,
　…헌영아!
　헌영아!
　저녁 먹어라…

그래, 너희들 내 어린 날 딱지 치듯
하늘로 든 손으로 내리쳐
병뚜껑들 주름살이
모두 다 하늘 향하면 이기는 거다

3

옛날엔 하느님이 땅에서 살았대

꿈에서 깨어

낮일이 유독 피곤한 몸이
아이와 함께 가는 꿈을 꾸다 깼다.
아내 품에 아이는 곤한 숨소리뿐,
이리 조용한 아이가 왜
꿈속에선 그리 활발했을까.
내게 무슨 막힌 게 있어
무슨 뜻을 알릴 게 있어
선연히 꿈속을 찾아오는가.
해몽이 잘 안 되는 이 밤
곁으로는 아무 말 없이 자는 아이를 보며
그러나 철아,
오늘은 꿈속의 네 웃음소리가
어두운 천장에서 좀더 환히 길구나.

시인되기

"아빠는 맨날 시만 쓰고
나하고 하나도 안 놀아 주고."

"시인되는 게 쉬운 줄 아니?
좀 기다려라."

"시인되면 시 안 쓰나요?"

-오늘부터 아빠는
너하고 놀 수 있는 시 쓸게.

선거철

“존경하는 부모 형제 자매 여러분, 저는 ○○○입니다.
오늘 오후 4시, 시민문화회관에서 현 시국에 관한 연설
이 있사오니…… 감사합니다.”

“아빠,
멀리서 들으니까
오늘 수돗물 안 나온다고 하는 말 같네요.”

역전 광장
-아이와 함께 가며 · 5

1
「여기는 裡里市입니다」
안내판에 적혀 있는 만경강 이름에서
‘江’ 글자가 지워져 있다.
“얼래, 강이 어디 갔네?” 하는 아이.

일전에 가본 만경강,
광활 들녘 만경벌을 섭쓸며 흐르는 강물이
다리 기둥을 붙들다 놓치고 붙들다 놓치며
기름에 거품에 떠밀려가더니
안내판에 푸른 몸을 그려 놓고 어디로 가버렸나.

2
속 시커먼 음료수 깡통을
신나게 차고 노는 아이.
어른들은 멀거니 바라보고
지나가는 대학생이 한번 차본다.

기다리던 엄마를 만나
같이 차는 빈 깡통. 웃으며
“철아, 아빠도 차보자.”

3
광장에는 늘 미친 여자가 있다.
하늘에서 부도난 열차 티켓을
여보란듯이 들고 다니는 머릿결에
도시가 온통 떠다닌다.

그러나 아이는 반갑게도
"역전은 밤에도 문이 열려 있지요?" 한다.

가을 운동회

이리초등학교로
작은아빠까지 셋이 갔다.
안 온다고 눈물 짜던 철이,
금방 좋아라며 어디론가 사라지더니
아무도 안 왔다는 친구를 데려와
마냥 찧고 까분다.
문득 눈시울에 맺히는 저만치 한구석,
신문지 서너 장을 깔아놓고
병색에 남루한 엄마와 두 딸이
말없이 점심을 먹고 있다.
하느님의 눈물 한 방울
적신 듯한 그늘 한 점.
고개를 되돌리다가
운동장에 나부끼는 만국기의 그림자가
하늘 아래 다 똑같은 걸 보았다.
보이지 않는 먼산에서는
지기 위해 부끄러워하는 잎들
붉은 빛이 번지리.

겨울별

며칠 후면 군대 가는 막내 처남이
어머니 곁에 기대 손발을 부벼 보고
목을 꺼안아 보기도 하며
못내 사랑스러워한다.
삼 년도 채 아닌 이별에
저리 더 사랑스러워지는 것을,
우리들 죽어 그 영혼에
이 세상 냄새가 아무리 배어 간다 한들
백 년에 더 길지는 않을 게고
여기 그림자마저 사라져
정녕 밤 되고야 마는 것인데
우리네 사랑은 왜 이리도 드물고
그마저 또 얄팍하기만 한가.
텔레비전 연속극이 끝나고 돌아오며
아내와 손 잡은 어린 아들,
아이 눈에 새로 들어온 별 하나가
골목길 코 시린 겨울 바람을
어둠 저 너머로 날려보낸다.

줄 자

오늘은 또
무얼 넣고 나왔나 보니
태엽 속 감겨 있는 줄자를 뽑아
각角에서 각角을 잰다.
자동차 번호판, 포스터…
내 어릴적보다도 이렇게
선분線分이 많아졌구나.

문득, 노트가 없다.
자동차 앞을, 전봇대 앞을
허둥지둥 뒤지며
'이 앞에서 머물지 않았더라면…'

"아빠,
집에다 놓고 나오지 않았어요?"
돌아온 책상 위에
노트가 놓여 있고

내 생일이라고
노트 옆에 놓아 둔 꽃을 본다,
아빠의 얼굴을 그려

철이가 선물한 달걀을,
아이가 오늘 줄자를 대지 않은
꽃과 달걀을.

도미노

열 번도 더 실패했다고
나를 부르는 아이,
실수 없이 세우기에는
아이에게 무리다.
어릴적 서툴렀던 기억 새삼스러이
어른의 손은 실수 없이 세운다.
무릎이 저려 가며 세워 놓고 보니
얼멍멍한 내가 보기에도 꼭
무슨 짐승 같다.
"다 만들었다!"
아이 손이 닿자마자
주루루 넘어가는 도미노 블록들.
아이가 부수는 내 정성은
왜 이리 속시원한 걸까.
맨 끝에 세운 나무 한 그루가
마지막 쓰러지는 나의 블록을
덥석 껴안는다.

병뚜껑

눈에 띄면 내버리고 내버렸는데
아래층 이사온 아이가 놀러오자
"내가 이런 날이 올 줄 알고!" 하며
세탁기 뒤에서
수부룩이 병뚜껑들을 꺼낸다.

맑은 이마를 맞대
텔레비전 코앞에서 아랑곳없이
병뚜껑 뒤집기 놀이다.
바닥에다 차례가 병뚜껑을 대며
얼룩덜룩 녹슨 상표들을 뒤집는다.

그래, 너희들 내 어린 날 딱지 치듯
하늘로 든 손으로 내리쳐
병뚜껑들 주름살이
모두 다 하늘 향하면 이기는 거다.

종이 판화

눈매 간지름간지름하니
엄마 아빠에게 선물한다고 내놓는 판화,
셋이 탄 뱃전에서 낚시를 드리웠다.

별을 미끼로 했다.
"이 별 물은 고기는 아파도 입속 환하겠다!"
물고기가 하늘로 나오면 죽는 건데
물고기는 죽어서 새가 되리.

"이 그림 많이 찍어서 사람들 나눠 줄까?"
"종이가 모자랄걸요?"
아, 종이 한 장 없이 사는 숱한 가슴들.

길 어디를 돌아와
아파 죽겠다고 징징 짜는 철이 발바닥에서
감쪽같이 가시 하나를 뽑아냈다.

옛날엔 하느님이 땅에서 살았대
-눈 오는 날

그봐, 혼자선 못 살겠지?
그래서 하느님은 하늘나라에 사는 거야.
여기 살기가 너무 쓸쓸하였던 게지.
그리고 오늘처럼 온 동네가 추운 날 하느님은
사람들 가슴마다 복받치게
저 하얀 하늘생각을 내리는 거야.

박물관 잔디밭에서

손질 많이 간 잔디밭에
옮겨올 때의 쇠사슬자국 희뜩희뜩한 고인돌.

소풍온 아기들이 술래잡기하며
내 눈에서 사라진다.
노란 모자떼들이 사라진다.

원시인의 근력이 몇만 년인가 고인 무게 속으로
꽃이파리들이 들락거린다.

손때 묻은 기둥으로 봄날이 쏟아지고
옮겨온 뒤로 처음 쩌엉쩡 몸을 펴는 고인돌.

이제 날이 새고 저 눈 그칠지라도
내 마음에 내리는 눈은 그치지 않으리,
아버지 어머니를 소리내 부르지도 못하고
이 겨울 다하도록 부모님 산소에
쌓이고 쌓이리

불효

불 효

“여보, 우리 성철이
뭐든지 다 사주자.”

순간, 눈물에 비치는
아버지
아버지

읍혈泣血

눈물의 젖을 물리며
어서 크거라
어서 크거라

삼형제는 어른이 되었다.
그리고 어머니는
돌아갔다.

논물에 둥둥
우렁은
껍질만 떠내려갔다.

참 깨

　유등천 둑밑 논밭으로 난 신작로, 그 인도 따라 어머니와 손바닥 물집 나며 한 자락 뙤밭을 일구었지. 참깨 순이 손가락만하게 자란 비 오는 날, 참깨는 뿌리 깊기 전 자리를 옮겨 줘야 잘 큰다고 내게 깻모를 옮기러 가자 하셨지.

　병 깊은 몸으로 그 먼 강원도 골짝까지 첫면회 왔다가 훈련 나간 나를 못 만나고 바로 다시 면회온 어머니, 날마다 깨밭에 나가 눈물 흘렸다면서 검을수록 약 된다는 까만 깨떡을 풀으시더니.

　어머니가 내 스스로에 맡기고 간 그 길을 두고 와 사람의 길로 나를 다 옮기지 못한 채 다시 따르는 십년 제삿술. 그리운 저 달 저 승화의 달빛 아래 세상 속 낱낱은 다 참깨꽃처럼 피어 있는데

새벽눈

까닭없이 잠 깨어 목이 마르다.
문득 유리창을 두드리는 그림자 편편들 있어
부우연 물먼지를 문지르고 밖을 보니
익산역 플랫폼 불빛을 안고
첫눈이 내린다.
물 한 모금 싸아하니 흐르며 떠오르는
쑥덤불 무성한 어머니 산소와
그해 가뭄통에 떼장 다 죽은 아버지 산소.
서쪽 향한 산소는 내년까지 산일하는 게 아니라 해서
나 어린 자손들을 돌아보곤 사위들어
올 한식에도 떼를 덮지 못했는데
여기 눈 내리니
부모님 산소에도 눈이 내리리.
자는 아이를 들여다본다.
아버지 닮은 눈매와 어머니 닮은 속모습이
어루만지는 손끝으로 사무쳐 오고
나 자신을 용서할 수 없어 눈물 흘리지 못한
이 몇 년을 더는 참지 못하고
어두운 새벽, 눈물 흘린다.
기막히게 돌아가신 어머니 생각 때문였는지,
언젠가 찾아간 날 약주에 젖어 잠드신 아버지
그 철골이 다 된 모습을 보고 끝내 울음 울었지만

추석 전날 밤, 아들 셋 기다리던 월세방에서
혼자 돌아가시게 한 자식, 영안실에서
수의에 가려 있는 울퉁불퉁한 두 손을
보고 싶었다.
당신의 생신 없이 자식들 생일만을 주름에 담고
어머니 곁으로 가신 지 삼 년이 지난 이 겨울,
눈이 내린다.
이제 날이 새고 저 눈 그칠지라도
내 마음에 내리는 눈은 그치지 않으리,
아버지 어머니를 소리내 부르지도 못하고
이 겨울 다하도록 부모님 산소에
쌓이고 쌓이리.

복숭아나무

십 년을 앓다가
이마에 땀방울 솟는 고통 속에서
한번 더 나를 보고는 돌아가신 어머니,
한 뼘 땅 어디에도 마련하지 못해
작은집 과수원 끝자락에 묻혔지.
이듬해 봄 찾아갔을 때
산소 주위로 심어 놓은 복숭아나무가
혼 쫓는 나무라고 말씀 들은 기억에
서러운 눈물 다시 흘렸지.
그런데도 오히려 성묘 때마다
절할 자리마저 빠듯한 산소에서
햇살 환히 풀리고 있었으니.
계신 땅 부안 멀리 지척에서
십 수년을 살아온 젯날 밤
홀연 뼈를 씻는 까닭이여,
묻힌 땅에서 어머니는 복숭아나무를 키워
산 자들이 귀신처럼 들끓는 뭇것들을
살아서 살지 못한 내 세월을
아주 어디로 쫓고 계심 아닌가.
붉은 관 위에 엎드려 통곡 지친 그날, 깜박한 꿈결 속
에서
닭을 안고 가시며 뒤돌아본 삼형제는

세 그루의 복숭아나무가 아니었는가, 시가 시로
변호가 변호로 선생이 선생으로 줄기 뻗을
나 헌권이 헌주는.

고무동력 비행기

올라서면, 서대전역이 코앞에 보이는 날망언덕 그 아래 선화동 한길가에서 살던 시절, 학용품 산다고 돈을 타 학교 길에 눈 두었던 반제품의 비행기를 샀지. 밤늦도록 촛불에 댓살 잡아 날개틀을 만들고 몇 갈래 고무줄을 프로펠러와 꼬리 끝에 걸어 완성한 뒤 풀 먹인 날개 종이가 잘 마르게끔 바람벽에 걸어 놓았지. 이튿날 아침, 고무줄이 칭칭 감긴 프로펠러에서 손을 떼자 한길 바닥을 미끄러지다 붕 떠오르는 비행기, 비행기를 바라보던 그 감동이란…

이 밤, 아이의 머리맡에 그 옛날의 비행기를 만들어 놓고 잠을 더 미루는 까닭은, 울퉁불퉁 인생의 혹처럼 꼬인 고무줄이 프로펠러를 돌린다는, 그 바람으로 비행기가 떠오른다는 사실에 의미 드는 때문이고 불어오는 맞바람에 더 잘 날은 그 비행기가 새삼스러운 때문이니.

고무줄이 너무 감겨 탁 끊어지기도 했던, 길 건너 뱀버들나무에 걸리기도 했던 비행기는 어쩌면 그 동안 나 자신의 거짓없는 모습들이 아닌가. 그렇게 손발짓 떠들썩히 몰려간 날망에서 노을 속으로 날아가 버린 하얀 고무동력 비행기…

성심유치원 졸업식

벽에 붙은 십자가,
십자가에 못 박힌 나무예수의
깎이고 깎인 나이테 아래
아기들이 유치원을 졸업한다.
나무예수가 나무 눈을 감고 있다.

여자들은 서로들
손에 든 꽃다발이 무거운 줄도 모르고
자식만을 사랑한다고 말한다.
자식 크는 재미로 산다고 말한다.

선생님 안녕히 계셔요
하는 노래가 울려퍼진다.
…안녕히 계셔요 예수님
  유치원을 떠납니다
  우리 예수님 안녕 안녕…

골 깊은 갈비뼈,
뼛속으로 나이테가
한 줄 더 그어지는 나무예수가
안 보이는 당신 몸을 홀로 보고 있다.

아기들은 뒤돌아가

웃고 있는 여자들에게 안긴다.
올해 처음인 선생님 한 분이
눈물을 감추지 못한다.

자벌레

까치 그림자에 얼른
나뭇가지인 양 얼어붙는다.
잎새를 매다는 나뭇가지 모습으로
잎새를 갉아먹다가
깜박 죽는 의태擬態,
죽어야만 사는 벌레다.
까치가 날아간 뒤
땅에 비친 벌레의 그림자가
불구의 평화를 꿈틀거린다.
아이가 물어본다,
이 벌레도 나비가 되느냐고.

소 금

볼끈, 아이를 가로안고
"성철이는 하늘 보고 가네.
눈속에 별 쏟아지겠다." 하니
"아빠 땜에 쏟아지다가 도망가겠어요." 한다.

아이를 가로안은 그대로
"소금 사려, 소금 사려!" 했다,
내 손 내 가슴에 대고.

내 그림자
-아이와 함께 가며 · 6

어제는 거리에서
농아의 적막한 손발짓을 만났더니
아빠 그림자가 난쟁이 같다고
도시의 정오에
아이가 알아챘다.

같은 눈인데도 왜
왼쪽 눈에 핏발이 서 있을까.
-까닭 하나가 풀렸다.

제 로

아이가 묻는다
3 더하기 0은 3이 맞냐고.

내 상처 내 그리움 0이었구나.
너하고 엄마뿐이구나.

담장꽃

하루에도 몇 번씩
하느님,
속눈물이 흐른다.
울컥울컥 속을 삼키며 하느님!
하오나 아이 보고 아내 보고
다시 한 소금 웃을 수 있게
아직 저를 다 놓지는 않으신 하느님!
샛노란 베고니아 한 점 꽃을
늦가을 담장 그늘에 남겨 놓으신 하느님,
감사합니다.

목척교 위에서

내 어릴적 그 냇물
지금은 어디에서 출렁거릴까.

포로동동 고추 아래
모래무지 간다리가 맴돌곤 했지.

꺼먹고무신 손에 쥐고 빨가숭이들
-해야 해야 빨리 나와라
 십전 줄게 빨리 나와라 -

장마 지면 장대 들고
떠오는 참외 수박
서로들 건진다고 날락거렸던

그 냇물 어디에서
내 어릴적 모래터 다시 만들어 놓고
지금은 어느 아이들 뛰놀게 할까.

노랑할미새떼

그해 여름이 다 갈 무렵
어슬녘이 되면
시청 운동장가에 아름드리 서 있는
플라타너스 나무로 갔다.

한둘씩 깃들어 이윽고
가지마다 터질 듯 우짖으면
내 어린 눈물 글썽거리고
날망 너머 파릇이
별 한 점이 빛났다.

도시의 가운데서
둥글게 밤을 인 플라타너스 나무가
그윽히 잠들면
돌아온 그 밤
꿈속까지 온통 부서져내리며
가슴 부비던 새소리.

날갯짓 추릿추릿
지붕마다 뿌리고 다닌 긴 여름을
한동안 우짖다가 떠나가 버린,
생각하면 철새였던가.

봄날 저녁,
대학 인문관 앞을 걷다가
문득 상칼한 새소리에 고개 돌린다.

여름날은 이제 곧 시작할 텐데
내 이미 오래 전
어린 날의 그 플라타너스 나무와
별 한 점과
노랑할미새떼의 간 곳마저 잃어버린
여름 철새는 아닌가.

자주달개비꽃

소녀는
한 번도 빠지지 않았지.

비가 오면 옴팍히 함정을 파
흙탕 감쪽같았지만

소녀가 빠지면
내가 죽을 것만 같았던,

무사히 지나가면
가만히
내 발을 빠뜨려 보곤 했지.

옛날의 대문 앞
꽃잎에 부는
잔잔한 남색 바람

소녀가 오고
하늘빛이 오고
하늘빛은 내게
빠지지 않았고

봄이 오면

봄이 오면 시를 읽으리
흰 담장 햇살 아래로
시의 길을 따라 가리
꿈결처럼 물결처럼
산을 지나 들을 건너
작은 도시를 만나리
추억이 흐르는 지붕 아래
낯익은 담장에 기대
그림책을 보고 있는
어린 날의 나를 만나리

며칠인가를 보낸 마당 끝에서
"어, 아빠 눈에 내가 보이네!"
아무 일도 없는 아침, 뻐꾸기가
제 그림자를 거두어 가는,

아이와 함께 가며

5

밤 빛

‘합창교향곡’이 울리는 방안에서
아이가 창을 닦는다,
밤이 잘 보여야
별들이 섞인 게 잘 보인다는 듯.

중앙시장을 거쳐오며

품안에서 잘 자라는 아이가 왜
겨울만을 유독 기다렸는지
참말 이상했지.

눈발이 간간 비치는
중앙시장을 걷다가
퍼뜩, 그 겨울이 진실인 걸 알았어.

체온이 견딜 만큼 추운 날
집으로 올 때
눈발, 참 기막혀 버리는 거야.

달무늬

"아빠, 잘 보니까
밝은 데도 있지만 어두운 데도 있네요."

그런 무늬의 둘레로 달무리 참 고운 걸
아이 손 꼬옥 쥐듯
눈에 꼬옥 쥐고 가는,

해는 지금

분수가에 빙 둘러 하얗게 깔려 있는 돌조각을
종이컵 가득 담아 와
집 다 오도록 들고 다닌다.

뭐하러 무겁게 고생이냔 말을 듣고도
뚱딴지같이
해는 왜 아침이나 저녁에는 크게 보이고
낮에는 작게 보이냐고 묻는다.

아침 해나 저녁 해는 들판에 비교되니까
크게 보인다고 대답하다가
그래, 아침 저녁으로
새소리들 붉게 타오르는 검은 땅 가까이서야
해는 크게 보일 수밖에. 또한
저 빛나는 해라 한들
하늘의 품안에서야 어찌 크다 할 수 있으랴.

종이컵 가득 담긴 돌조각마다
흰빛 눈부시게 솟구쳐오른다.
해는 지금 아이의 눈속에서 얼마나 작을까.

헛나비

나비가 앞을 스칠 때
아이는 아무 말이 없는데
내가 떠든다.

"사람이 죽으면
몸은 낙엽이 되고
마음은 나비가 된단다."

"그런 거짓말이 어딨어요!"

땅에서, 나비가 낙엽처럼
헛숨을 거두고 있다.

식 도

과자를 먹다 갑자기
머리가 길에 닿게 허리 구부리더니
"거꾸로 해도
과자가 뱃속에 들어가는 건
왜 그렇죠?"

"식도가 운동하면서
뱃속으로 밀어넣는다고
아빤 그렇게 배웠는데…"

"맞다. 침이 있으니까 꿀꺽
뱃속으로 들어가는 거지요?"

길이란 식도처럼
길만으로는 길이 될 수 없는 게 아닐까.
철이 목소리 들으면 마른 입에
자우시 침이 고인다.

비행기 길

고놈, 잡은 내 손 흔들며
텅 빈 하늘 보기를
눈빛 요로코롬 빛날까.

"아빠, 저것 좀 보세요."
"또 뭐냐?"
"비행기구름이 생겨났어요, 참 신기하죠?"
"난 또 뭐라구. 그래, 신기하다."
"야, 신난다."
"뭐가?"
"아빠가 신기하다고 하니까요."

내 손이 흔들렸다.
그래, 텅 빈 허무라는 게 실은
다 이렇다,
아이처럼 눈떠 보면
비행기 길도 나 있는,

라 듐

보헤미안 사람들이 유리를 만들고 버린
숲속의 작은 산, 팔 톤의 피치블렌드.
찌꺼기 피치블렌드는 공짜였어도
운임이 굉장한 그 먼데서
석탄차에 싣고 와 물리학교 빈터에 쌓아놓고
실험이 시작됐다.
눈과 목 쓰라린 가스 안에서 얼룩투성이 되어
부수고 체로 쳐 끓이고 휘젓고
몇 번이나 쓰러진 사 년 만에
라듐 일 그램을 발견했다. 원자량 226.
그날 밤, 실험실로 다시 돌아온 퀴리 부부는
어둠 속 쟁반으로 한 발 한 발 다가갔다.
아, 라듐!
스스로 달빛 같은 파란 빛을 내
인간에게 처음으로 드러낸 모습.
뜨겁게 자연히 없어지며
타지 않는 기체 헬륨을 뿜어냈고
제 빛이 닿는 옷과 가구, 노트에서 빛을 띄었다.
그 노트는 마리가 죽은 뒤에도 빛을 간직하고 있었다.
우라늄보다 이백 만 배나 방사능이 강한 라듐을
아이의 책에서 보았다.
방사능으로 인해 죽은 마리에게
시의 초안을 적어 나가며.

일요일日曜日

중앙시장 한가운데를 지나오는 길.

흙물기 마를 날 없는 어물전 앞에
백일쯤 지났을까,
애기가 방싯했다.

동그랗게 어려 있는 보오얀 빛,
애기 보살님.

오늘따라 애기들이 많이 띄었다,
생각보다도 더 많이.

그린벨트

저기 나의 도시가 또 하루
검은 종이처럼 서녘에 판박히고 있는
다 저녁까지

소라산 기슭 무덤 위에서
아이들이 깡총깡총 뛰어오른다.
미끄럼 탄다.
비석 뒤에서
나타났다 숨었다 한다.

죽어서
어린이 놀이터를 마련한 저 사람의
살아서가 궁금하다.

소금쟁이

　지금도 있는지. 도청 안에 사각으로 널찍한 연못, 수영장이었다가 사람이 빠져 죽고 물고기를 키우던 연못이 있었지. 그날도 파학하고 돌아오다 물에 동동 떠다니는 소금쟁이가 하 신기해 잡는다고 몸 내밀었다가 그만 키보다 깊은 물 속에 빠졌지. 수영을 못한 내가 그 순간 퍼뜩한 게, 숨 안 쉬고도 몇 미터는 헤엄칠 수 있다 믿었고 발 굴러 물 밖으로 머리 내 확인한 벽을 향해 아예 눈감고 텀벙였지. 손끝에 벽이 닿고 벽을 잡고 나오면서 -지금 어른의 말로 표현하자면 본능적 이성이 몸처럼 확실한 - 그 순간의 나 자신이 정말 신통했지.

　지금도 나는 수영을 못하지만 또 헤엄을 칠 줄 안다 한들 어찌 붙잡을 수 있을거나, 물을 디디고 하늘에다 몸을 둔 소금쟁이를. 물에 빠졌을 적 순간에 본 하늘 쪽은 그 얼마나 아름다운 무늬였던지.

　사람이 태어나는 건 물 속 같은 이 세상에 태어나는 것인데 수덕호 물결의 표면에서 소금쟁이가 간다. 문득, 눈물의 이 세상 깜깜해도 그래도 벽을 붙잡아야 하늘 속에 태어날 수 있는 것을.

초파일 딸기맛

왜 이리 시냐고 오만 상을 다 쓰는데
"맛만 달고만!" 하고 되받는 아내.
문득, 다 똑같은 혀 하나 가지고
난 내 혀의 어느 부위로 살아왔는지.
생물사전 찾아보나마나 아내는
혀의 가운데 앞쪽으로 맛보는 것이고
난 양쪽 가장자리로 맛보는 것이다.
잘 익었다고 덤으로 얹어 판
중앙시장 할머니 말이 맞다면
단맛 비껴 온 내 혀의 습성은
어쩌면 사색적이 되기 시작한,
그 설익은 철이 들고부터가 아닌지.
여자들이 아이 가지면 신 것이 달다던가?
알게 모르게 이런 태교 받고 나와
생물사전 확인하는 성철이 눈빛.
'나는 부처님 손 안에 든 손오공이오.'라고
남들에게 아내를 말했던 게
참말은 참말이다.

아침에

작년보다 꽃봉오리가
서너 곱절은 더 맺혔구나 하다가
잊은 듯이 매달았던 은귀걸이 찰랑이는 소리처럼
엊그젠가 스쳐간 아이 말이 들린다.
'책에서 보았는데요, 동백꽃은
따뜻하면 꽃이 피지 않는대요.'
잎들 여윈 사이사이로
오랜 기다림이 망울진 걸 보다가
문득 떠오르는 그해 겨울 끝 무렵.
바람 매운 벼랑을 빙 두르고
노래인 양 파도소리를 듣는 동백섬에서
눈을 이고 피어난 꽃들이
두고두고 느낌만 아련터니
어젯밤, 골목 가로등에 흰 눈발이
무수히 나부껴 오는 나비떼였던 건
맞아, 그해 겨울만큼은 목이 시린 때문인 것을.
물먼지 부우옇게 낀 창문을 열자
햇살 그대로 스미는 투명!
이윽고 온기가 비어 버린 방에서
빠알간 동백꽃은 벙글리니
빈 방이 든 화분을 바깥으로 옮긴다.

제대한 그해 유성에서
조그만 다리공사 현장으로
막일을 다녔었지
다릿발이 서고 상판이 놓여 갈 즈음
거푸집 짓는 김목수는 김목수대로
발동기로 괸 물 퍼내는 최기사는 최기사대로
똑같은 기다림과 기쁨이 있었음을
서로들 말없이 알게 되었지
둑길 옆 초등학교로 갓 발령난 그녀가
흙가마니로 임시 만든 징검다리를
조심스레 건너갈 때면
우린 서로의 맑은 속심을 나누며
손발에 환히 차오르는 힘을 느꼈지
그녀의 출근길이 가슴을 짚어 오면
행여 그 눈빛 마주칠세라
햇살 부서지는 제비꽃에 눈 두었고
멀리서부터 둑길 휘여 오는
그녀의 퇴근길 늦은 오후가 되면
계룡산 기슭의 부우연 바람꽃으로
다시 또 눈길 돌리곤 했던 그 봄,
준공 날이 오기 며칠 전
우리의 어깨 같은 다리 위로

그녀의 가느란 다리가 건너는 걸 못 보고
모두들 다음 현장으로 떠나가야 했었지
황사바람 부는 도치마을 들길에서
제비꽃을 바라보다 문득 떠오른 그때,
빚더미로 병든 어머니를 구완하며
두 동생의 학비를 돕던 그 현장
오늘 가만히 머리 들어
맑은 날 올랐을 적 계룡산이 보였던
저 미륵산 기슭의 바람꽃으로
마음 속 하얀 옛 다리를 놓는다
어디선가 아이들의 눈빛 기르는 그녀를
이제는 내 만나리라며

강

어머니 계신 산의
내 숨길 모인 자리에 올라가 섰을 때
강은 어느덧 바닷가에 다다라 바다와 몸을 바꾸고 있
으리

깊은 강이 바다에 그 흐름을 연꽃처럼 바칠 때
산은 길을 다해 하늘에 뻐꾸기 울음을 바치고 있으리

저녁노을마저 다 스러지고 나면
가슴속 보름을 꺼내 들고
바닷가의 개펄에다 물결에다 짐져 온 산그림자를 부리
리니

은행 세 알

밤이 보였다.
잎 사이로 왔다갔다
별이 보였다.

몇몇 낙엽이 생기고

잎 사이 은행 세 알에
밤인사가 빛났다.

마당 끝에서
―아이와 함께 가며 · 7

며칠인가를 보낸 마당 끝에서
"어, 아빠 눈에 내가 보이네!"

아무 일도 없는 아침, 뻐꾸기가
제 그림자를 거두어 가는,

작품 해설

보다 큰 사랑을 위하여

나태주

보다 큰 사랑을 위하여

나태주(시인)

내가 박헌영 시인을 만난 것은 그리 오래 전의 일이 아니다. 한 이 년쯤 되었을까. 그것은 '금강마을시문학회'에서의 일이다. '금강마을시문학회'는 대전·공주·논산 지역에 사는 '시를 사랑하는 사람들'의 모임인데, 어느 날의 모임에 한 젊은 사내가 찾아왔다.

알고 보니 그는 '천칭'이라는 문학동인회의 동인으로 활동해 오고 있었으며, 이미 여러 권의 시집을 낸 바 있었다. 그는 여러 모로 재주가 있어 보이는 인물이다. 우선 그의 훤칠한 키와 날씬한 몸맵시가 그러하고, 네모난 듯한 얼굴에 안경 알이 그러하고, 안경 알 너머로 반짝이는 눈빛이 그러하다. 그러한 그가 이번에 새 시집을 내겠노라고 나에게 시집 원고를 가지고 와 시집에 함께 넣을 글을 부탁해 오는 것이 아닌가.

인간적인 만남에서도 상당한 반짝임이 엿보였는데 작품집을 대함에 있어서도 그의 반짝임은 하나의 특징으로 나타났다. 우선 그의 시집은 일관된 주제와 소재를 지니고 있음이 눈에 띄었다. 한마디로 말해서 그가 선택한 시의 주제는 사랑이다. 사랑 가운데서도 가족에 대한 사랑이다. 그러므로 그의 시의 소재는 자연스럽게 가족이라는 단일 소재로 나타난다.

인간 세계에 있어 가족만큼 소중한 사람들이 또 어디

있을 것이며 가정만큼 따뜻한 사회집단이 어디 있을까 보
냐, 애당초 인간은 가정 속의 일원으로 태어나 가정 속에
서 살다가 가정 속에서 그 생명의 날을 접는다. 로빈슨
크루소가 아닌 바에, 그가 수도자가 아닌 바에는 가정은
모든 인간의 근본이며 가장 안락하고 편안한 쉼터일 수밖
에 없다. 인간은 가정에서 지친 몸과 마음을 쉬게 할 뿐
더러 새로운 힘을 얻어 다시 일터로 배움터로 나아간다.
　사회가 건강하다는 것은 가정이 건강하다는 것에 다름
아니요, 한 개인이 행복하다는 것 또한 가정이 행복하다
는 말에 지나지 아니하다. 가정이야말로 모든 인간의 샘
터요 젖줄이요 모성의 품속이다.
　이러한 가정과 가족 구성원을 소재로 하여 하나의 시집
이 이루어진다는 것은 쉬운 것 같으면서도 특이한 일이
다.

　　　외갓집에 맡겨 둔 어린 아들
　　　노을녘에
　　　아내와 함께 가 데려온다.

　　　"열쇠 가지고 계셔요?"
　　　"이런, 깜박 잊고 나왔네.
　　　아참, 철이가 있지."

　　　한쪽 발은 내 손 받치고
　　　한쪽 발은 아내 손 받쳐
　　　담을 넘긴다.

　　　장독대를 쪼로로 내려와
　　　찰칵,

대문을 열어 주는 우리 꽃열쇠.

- 「꽃열쇠」 전문

　어느 가정이든지 그 가정의 중심 부분에는 어린이가 있게 마련이다. 물론 중심축을 부모 세대로 볼 수도 있지만 한국적 가정의 경우는 자녀 세대에 무게가 더 많이 가 있음이 사실이다. 여기서 한국 사람 특유의 남다른 교육열도 나오고 자식 사랑도 나오게 된다. 흔히들 사람들은 자식을 위해서 돈도 벌고 직장살이도 한다고 입버릇처럼 말한다. 자식을 낳아 기르고 가르쳐 성가(成家)까지 시켜 주고 나면 사람의 도리를 다했다고, 할 일을 다했노라고 말을 한다.

　위의 시의 중심에는 '철이'란 한 아이가 있다. 그의 부모에게 피치 못할 일이 있었던가. '철이'를 외갓집에 맡겨 두었다가 '노을녘'에 집으로 데리고 돌아온 길. 아차! 잠겨진 대문 앞에 이르러 아이의 엄마 아빠는 자신들의 실수를 깨닫는다. 집을 나설 때 열쇠를 가지고 나오지 않았던 것. 해서, 아이를 담 너머로 보내어 대문을 열게 하는 헤프닝을 벌인다. 여기서 하나의 아름다운 은유가 나온다. '꽃열쇠'. 왜 아이가 잠겨진 대문을 여는 열쇠이기만 하겠는가.

　아이야말로 한 가정의 내일을 열어 주는 열쇠이다. 거기에는 무한한 희망이 있고 약속이 있고 믿음이 있고 기쁨이 있다. 평범하고 사소한 생활 삽화이지만 이 시가 힘을 발휘하는 까닭이 거기에 있다.

　　눈물의 젖을 물리며
　　어서 크거라

114

어서 크거라

삼형제는 어른이 되었다.
그리고 어머니는
돌아갔다.

논물에 둥둥
우렁은
껍질만 떠내려갔다.

– 「읍혈泣血」 전문

　박헌영의 이번 시집에 들어 있는 대부분의 시들은 '아이와 함께 가며' 아이를 소재로 한 시들이다. 표현의 미와 감동을 불러일으키는 사연들 또한 그쪽이다. 그러나 박헌영은 그의 부모 세대에 대한 시편들도 성공적으로 남기고 있다. 오늘날 내가 자식 낳은 것도 부모님이 계셨기 때문이요, 이토록 자식을 소중히 여기고 사랑하게 됨도 부모로부터 배운 바 그 정신의 유산이 아니겠는가. 다분히 사랑이란 누군가에게서 학습한 바를 실천하는 과정이란 가정(假定)이 있을 수 있다. 그러기에 '사랑은 위에서 아래로 내려간다'느니 '내리사랑'이니 하는 말이 있지 아니한가.
　시인은 지금 '논물에 둥둥' 떠가는 '우렁'의 '껍질'을 보고 있다. 새끼를 키우기 위해 제 몸을 송두리째 내어준다는 우렁이라는 조그만 생명체. 거기서 시인은 '삼형제'를 다 키우고 돌아가신 자신의 '어머니'의 모습을 본다. 자식 세대를 위하여 희생하는 모성의 크나큰 사랑에 있어서 인간의 그것이나 우렁이 무엇이 다르다 하겠는가. 미물과 인

간의 공통점을 발견하여 우리에게 감동의 선(線)을 제공
해 준다는 점에 시인의 발견이 있다.

"여보, 우리 성철이
뭐든지 다 사주자."

순간, 눈물에 비치는
아버지
아버지

-「불효」 전문

  어머니에 대한 사랑의 시와는 달리 위의 시는 아버지에
대한 그리움과 '불효'를 표현한 시이다. 자식이 예쁘고 귀
여운데 무엇인들 못해 주랴. 어느 날, 부부 중 누군가의
입에서 '여보, 우리 성철이/뭐든지 다 사주자.' 그런 말이
나왔던 모양이다.
  무심코 던진 그 한마디 말에 시인은 문득 아버지를 떠
올리게 된다. 자식에게는 무엇이든 해주고 싶으면서도 자
신의 아버지를 위해서는 한 일이 무엇이 있었나 하는, 자
식 사랑만 할 줄 알지 부모님 사랑에는 소홀했던 자신을
깨닫는다. 그리고 '순간' 회한의 눈물이 맺히며 '아버지/아
버지'를 불러 보는 것이다.

  ①
하루에도 몇 번씩
하느님,
속눈물이 흐른다.
울컥울컥 속을 삼키며 하느님!

하오나 아이 보고 아내 보고
다시 한 소금 웃을 수 있게
아직 저를 다 놓지는 않으신 하느님!
샛노란 베고니아 한 점 꽃을
늦가을 담장 그늘에 남겨 놓으신 하느님,
감사합니다.

―「담장꽃」 전문

②
중앙시장 한가운데를 지나오는 길.

흙물기 마를 날 없는 어물전 앞에
백일쯤 지났을까,
애기가 방싯했다.

동그랗게 어려 있는 보오얀 빛,
애기 보살님.

오늘따라 애기들이 많이 띄었다,
생각보다도 더 많이.

―「일요일日曜日」 전문

인용이 길었지만 위의 두 시는 앞에서 읽어 본 시들과
는 다른 시이다. 박헌영 시인의 대부분의 시들이 가족(철
이, 나, 아내, 아버지, 어머니)에 대한 시들이지만 이들 시
는 가족의 범위를 넘어서 종교적 경건성에까지 이르고자
하는 시이다. 나는 박헌영 시인의 종교관을 알지 못한다.
하지만 그런 것하고는 무관하게 위의 시들은 우리에게 종

교적 색채를 보여준다. 시인은 생활 주변에서 맞닥뜨린 소재를 통해(①에서는 '베고니아'란 이름의 '담장꽃', ②에서는 '어물전 앞에/백일쯤 지났을까,' 한 '애기') '하느님'과 '애기 보살님'의 모습을 찾아내고 있다. 이러한 노력이야말로 박헌영의 시가 보다 더 크고 넓은 사랑의 세계를 열어갈 조짐이다. 물론 가족에 대한 사랑도 좋다. 그러나 그것은 필연적으로 앞으로 확대되고 심화되는 과정을 가져야 할 것이다. 그리하여 끝내 박헌영의 시는 이웃 사람들과 자연에 대한 뜨거운, 그리고 드넓은 사랑의 바닷물을 길어올려야 할 것이다. 더 나아가 그 징검다리를 타고 신에 대한 사랑의 나라까지 아슬아슬 건너가 보아야 할 것이다. 그것이 박헌영의 시가 보다 큰 사랑의 세계에 이르는 길이리라.

하지만 박헌영의 가족 사랑의 시는 아름답다. 가령, 다음과 같은 시는 어떠한가.

멈추면, 길은 홀연히 갈대꽃밭. 숨바꼭질하는 아이의 동그란 머리가 눈속을 날락거린다. 돌아가는 길은 걸음마다 고향, 버릇처럼 갈라치면 갈꽃들 소금빛 나부끼며 눈멀게 한다.

코 시린 밑으로 겨울이 하얗게 깔려 있다. 호주머니에 쏘옥 든 아이 손을 녹이며 잘 휘인 깃털 모양의 발자국을 본다. 노을빛 든 두 줄기 비행기구름이 산에 스미고

너울너울 학처럼 내리는 산의 양날개. 아이 손의 체온에서 징징거리는 귀가 열린다. 어머니, 길 끝에서 문을 열고 공장 마당을 향해 어린 나를 부르던 오랜 목소리,

…헌영아!

헌영아!

저녁 먹어라…

─「갈밭길-아이와 함께 가며·4」 전문

박헌영의 시 가운데 가장 아름답고 꼴(모습과 틀)이 잘 잡힌 시이다, 과거의 삶끼 현재의 삶이 아주 자연스럽게 연착륙하며 손을 잡는 시이다. 그야말로 그의 시 가운데에서 백미에 가까운 시라 할 것이다.

우선 현재의 상황은 이렇다. 겨울날, 아들과 함께 떠난 나들이(여행이라 해도 좋다), 거기서 만난 갈대밭. 갈대밭을 배경으로 시인과 아이가 가고 있다. '숨바꼭질'하며 앞장서서 가는 아이의 모습을 보며 자신의 유년시절 추억에 잠긴다. '걸음마다 고향'인 길, '소금빛', '갈꽃들', '깃털 모양의 발자국', '노을빛 든 두 줄기 비행기구름', '너울너울 학처럼 내리는 산의 양날개'가 시인으로 하여금 고향과 유년을 떠올리는 추억의 복병들이다. 드디어 이러한 풍경(모습)들은 기억의 연못 속에 깊게 가라앉아 있는 소리들을 일깨우기에 이른다. 어머니의 목소리다. '…헌영아!/헌영아!/저녁 먹어라…' 그 목소리. 그 울림. 까마득히 잠든 영혼을 뒤흔들어 깨우는, 아니 고달픈 영혼을 달래어 잠들게 하는 그 목소리. 그것은 이미 인간의 목소리가 아닌 신의 영역에 포함된 하나의 사운드인 것이다. 이쯤에 오면 시인의 어머니는 한 개인의 어머니가 아니라 모든 사람들의 어머니, '우리'의 어머니가 되는 것이다. 이러한 시에서 시인 박헌영이 앞으로 가야 할 시적인 활로가 마련되지 않을까 싶다.